Comentarios de los n
La casa del árbol®
y La casa del árbol, MISIÓN MERLÍN®.

¡Gracias por escribir estos maravillosos libros! He aprendido mucho sobre historia y el mundo que me rodea. —Rosanna

La casa del árbol *marcó los últimos años de mi infancia. Con sus riesgosas aventuras y profunda amistad, Annie y Jack me enseñaron a tener valor y a luchar contra viento y marea, de principio a fin.* —Joe

*¡Las descripciones son fantásticas! Tienes palabras para todo, salen a borbotones, ¡oh, cielos!... ¡*La casa del árbol *es una colección apasionante!* —Christina

Me gustan mucho tus libros. Me quedo despierto casi toda la noche leyéndolos. ¡Incluso los días que tengo clases! —Peter

¡Debo de haber leído veinticinco libros de tu colección! ¡Leo todas las aventuras de La casa del árbol *que encuentro!* —Jack

Jamás dejes de escribir. ¡¡Si ya no tienes más historias que contar, no te preocupes, te presto mis ideas!! —Kevin

¡Los padres, maestros y bibliotecarios también adoran los libros de La casa del árbol®!

En las reuniones de padres y maestros, La casa del árbol es un tema recurrente. Los padres, sorprendidos, cuentan que, gracias a estos libros, sus hijos leen cada vez más en el hogar. Me complace saber que existe un material de lectura tan divertido e interesante para los estudiantes. Con esta colección, usted también ha logrado que los alumnos deseen saber más acerca de los lugares que Annie y Jack visitan en sus viajes. ¡Qué estímulo maravilloso para hacer un proyecto de investigación! —Kris L.

Como bibliotecaria, he recibido a muchos estudiantes que buscan el próximo título de la colección La casa del árbol. Otros han venido a buscar material de no ficción relacionado con el libro de La casa del árbol que han leído. Su mensaje para los niños es invalorable: los hermanos se llevan mejor y los niños y las niñas pasan más tiempo juntos. —Lynne H.

A mi hija le costaba leer pero, de alguna manera, los libros de La casa del árbol la estimularon para dedicarse más a la lectura. Ella siempre espera el nuevo número con gran ansiedad. A menudo la oímos decir entusiasmada: "En mi libro favorito de La casa del árbol leí que...". —Jenny E.

Cada vez que tienen oportunidad, mis alumnos releen un libro de La casa del árbol *o contemplan los maravillosos dibujos que allí encuentran. Annie y Jack les han abierto la puerta al mundo de la literatura. Y sé que, para mis estudiantes, quedará abierta para siempre.* —Deborah H.

Dondequiera que vaya, mi hijo siempre lleva sus libros de La casa del árbol. *Jamás se aparta de su lectura, hasta terminarla. Este hábito ha hecho que le vaya mucho mejor en todas sus clases. Su tía le prometió que si él continúa con buenas notas, ella seguirá regalándole más libros de la colección.* —Rosalie R.

LA CASA DEL ÁRBOL® #36
MISIÓN MERLÍN

Tormenta de nieve en luna azul

Mary Pope Osborne

Ilustrado por Sal Murdocca
Traducido por Marcela Brovelli

LECTORUM
PUBLICATIONS, INC.

Spanish translation©2016 by Lectorum Publications, Inc.
Originally published in English under the title
BLIZZARD OF THE BLUE MOON
Text copyright©2006 by Mary Pope Osborne
Illustrations copyright ©2006 by Sal Murdocca
This translation published by arrangement with Random House Children's Books, a division of Random House, Inc.

MAGIC TREE HOUSE®
Is a registered trademark of Mary Pope Osborne, used under license.

Library of Congress Cataloging-in-Publication data
Names: Osborne, Mary Pope, author. | Murdocca, Sal, illustrator. | Brovelli, Marcela, translator.
Title: Tormenta de nieve en luna azul / Mary Pope Osborne ; ilustrado por Sal Murdocca ; traducido por Marcela Brovelli.
Other titles: Blizzard of the blue moon. Spanish
Description: Lyndhurst, NJ : Lectorum Publications, Inc., [2016] | Series: La casa del árbol ; #36 | "Misión Merlín." | Originally published in English by Random House in 2006 under title: Blizzard of the blue moon. | Summary: The magic tree house carries Jack and Annie to New York City in 1938 on a mission to rescue the last unicorn.
Identifiers: LCCN 2016031942 | ISBN 9781632456465
Subjects: | CYAC: Time travel--Fiction. | Magic--Fiction. | Unicorns--Fiction. | Depressions--1929--Fiction. | Tree houses--Fiction. | Brothers and sisters--Fiction. | New York (N.Y.)--History--1898-1951--Fiction. | Spanish language materials.
Classification: LCC PZ73 .O756 2016 | DDC [Fic]--dc23
LC record available at https://lccn.loc.gov/2016031942

....
ISBN 978-1-63245-646-5
Printed in the U.S.A
10 9 8 7 6 5 4 3 2 1

A Elwood Smith, quien hace mucho,
en Nueva York, me inspiró
a escribir para niños.

Queridos lectores:

*F*inalmente, llegó el día en que Annie y Jack van a Nueva York, el lugar al que llamé mi hogar durante más de veinticinco años. Esta ciudad es exuberante, llena de rascacielos, taxis, trenes subterráneos, parques, museos, teatros y calles con mucha gente. Allí conviven todos los climas, desde olas de calor a intensas tormentas de nieve. Recuerdo, en particular, una tormenta de nieve, en el año 1996. La ciudad había quedado paralizada; solo se oía el aullido del viento, mientras la *nieve no cesaba de caer. Cuando la tormenta por fin cesó, un pálido sol brilló sobre las aceras y las calles blancas, y todo el mundo salió a jugar. Los niños, a hacer muñecos de nieve gigantes y los perros, a cavar túneles en las montañas de nieve. No importa lo que suceda en Nueva York, la ciudad siempre vuelve a ser la misma, incluso, después de un desastre. Espero que, de la mano de Annie y Jack, ustedes también disfruten de una gran aventura.*

Mary Pope Osborne

ÍNDICE

Allí está, el Unicornio,
en cautiverio…
Sin embargo, mírenlo,
su cuerno es libre,
alzándose majestuoso
sobre cadenas, vallas y árboles.

"El unicornio en cautiverio"
—Anne Morrow Lindbergh

Prólogo

Un día de verano, en el bosque de Frog Creek apareció una misteriosa casa en la copa de un árbol. Muy pronto, los hermanos Annie y Jack advirtieron que la pequeña casa era mágica; podía llevarlos a cualquier lugar y época de la historia. También descubrieron que la casa pertenecía a Morgana le Fay, una bibliotecaria mágica del legendario reino de Camelot.

Después de viajar en muchas aventuras para Morgana, Annie y Jack vuelven a viajar en la casa del árbol en las "Misiones Merlín", enviados por dicho mago. Con la ayuda de dos jóvenes hechiceros, Teddy y Kathleen, Annie y Jack visitan cuatro lugares legendarios en busca de objetos valiosos para salvar al reino de Camelot.

En las próximas cuatro Misiones Merlín, Annie y Jack deben viajar a sitios y períodos reales de la historia para probarle a Merlín que ellos pueden hacer magia con sabiduría.

En la primera misión, Annie y Jack viajan a la bella y romántica cuidad de Venecia. En la segunda, visitan la exótica ciudad de Bagdad. En su misión más reciente, Annie y Jack viajaron a París, en el año 1889. Ahora, ambos esperan otro llamado del mago Merlín...

CAPÍTULO UNO

El último unicornio

Nubes grises cubrían el cielo de noviembre. Jack leía frente a la chimenea de la sala.

—¿Quién quiere chocolate caliente? —dijo su padre, desde la cocina.

—¡Yo, por favor! —contestó Jack.

La puerta principal se abrió y Annie entró corriendo, junto con una ráfaga de viento frío.

—¡Jack! ¿Adivina qué? —susurró ella—. ¡Ha vuelto!

—¿Cómo lo sabes? —preguntó Jack.

—Venía de la biblioteca hacia acá y... —Agitada, Annie tomó aire—. Vi un destello de luz en el cielo, sobre el bosque. La última vez que eso sucedió...

Antes de que Annie terminara la frase, Jack se puso de pie.

—¡Papá, Annie y yo saldremos un rato! —gritó Jack—. Sírvenos el chocolate más tarde, por favor.

—¡De acuerdo! ¡Diviértanse! —respondió el padre, desde la cocina.

—Tengo que traer mi mochila —le dijo Jack a Annie—. Te veré en el porche.

—¡No olvides el libro de rimas! —dijo Annie, al salir.

10
Rimas mágicas
para Annie y Jack
de Teddy y Kathleen

Jack corrió a su habitación cogió su mochila y la abrió para ver si el libro de rimas seguía ahí. Bien, estaba *ahí*.

Jack bajó corriendo por la escalera. Se puso las botas, la chaqueta, la bufanda y los guantes, y se dirigió hacia la puerta.

—¡Vamos! —exclamó Annie.

—Ay, ¡qué frío! —dijo Jack. Podía ver su aliento suspendido en el aire frío—. ¡Apurémonos!

Ambos corrieron calle abajo y entraron en el bosque de Frog Creek, zigzagueando por entre los árboles, pisando las hojas secas.

Jack se detuvo. La casa del árbol había *regresado*. Podía verse su sombra, bajo el cielo gris de noviembre.

—Tenías razón, Annie.

—Gracias —contestó ella, y corrió hacia la escalera colgante. Jack la siguió.

Al entrar en la pequeña casa mágica, Annie y Jack vieron un libro y un pergamino sobre el piso. Annie levantó el pergamino, lo desenrolló y se puso a leer en voz alta:

Queridos Annie y Jack, de Frog Creek:
He decidido enviarlos a otra misión para que
prueben que pueden usar la magia con sabiduría.
Este poema los guiará.

M.

Al último unicornio
lo tienen bien escondido,
quienes, con un hechizo,
lo han sorprendido.

Cuatro siglos y cuatro décadas
desde aquella tarde nublada,
al final de noviembre
la luna azul aguardaba.

Para irse libre a casa,
despertará de su sopor,
si lo llaman por su nombre:
de Roma Divina Flor.

Deberá ponerse de pie,
cuando su nombre se escuche,
para que la cadena se rompa,
y el hechizo se esfume.

Una joven deberá amarlo
y mostrarle el camino,
o la gente verá por siempre,
lo que fue de su destino.

Si la oportunidad perdiera
de escapar con decisión,
la magia se esfumaría,
de su cuerno y su corazón.

—¡Un unicornio! —dijo Annie, emocionada—.
Ya lo amo. ¡Yo le *mostraré* el camino!

—Pero, este poema es muy difícil. ¿Qué clase
de libro nos mandó Morgana? —dijo Jack, levan-
tando el texto que Morgana le Fay, la bibliotecaria
de Camelot, les había dejado. En la tapa se veía
una hilera de rascacielos y el título decía: *Guía de*
Nueva York, 1938.

—¿Nueva York? ¡Adoro esa ciudad, Jack!
—dijo Annie—. ¿Recuerdas qué bien lo pasamos
allí con la tía Mallory?

—Sí, a mí también me encanta —añadió Jack—,

pero ¿qué haría un unicornio en esa ciudad, en 1938? Es una criatura imaginaria, muy antigua, y Nueva York es un lugar real y no ha pasado tanto tiempo desde ese año.

—Es cierto —dijo Annie—. Parece que será una misión difícil, pero para ayudarnos, tenemos el libro de rimas mágicas de Teddy y Kathleen.

—Sí —dijo Jack, agarrando el libro de sus amigos, dos jóvenes magos de Camelot—. El problema es que hay que usar una rima cada vez y, de diez, ya hemos usado siete —agregó.

—Eso quiere decir que nos quedan tres. ¿Cuáles son? —preguntó Annie.

—*"Bajar una nube del cielo"* —respondió Jack.

—Genial —exclamó Annie.

—Sí, pero no sé si servirá de mucho —dijo Jack, y volvió a mirar el libro—. *"Encontrar un tesoro que nunca se puede perder".*

—¡Esa me gusta! El unicornio es un tesoro, esa rima podría servir para toda la misión —comentó Annie.

—Pero solo sirve, en parte —dijo Jack—. El unicornio puede ser un tesoro, pero una vez que lo encontremos tendremos que perderlo. Debe volver a su hogar.

—Ay, sí... —exclamó Annie—. ¿Qué sigue?

—Tu rima favorita: *"Convertirse en patos"* —contestó Jack.

—¡No veo la hora de usarla! —agregó Annie, riendo.

—Espero que *nunca* tengamos que usarla —dijo Jack. No quería andar por un lago, graznando como un pato—. Estas rimas que quedan no me parecen muy útiles.

—Bueno, veamos qué sucede —sugirió Annie—. Pero, ahora... —Y, sonriendo, levantó el libro que les había dejado Morgana.

—Nueva York, allá vamos —exclamó Jack. Señaló la tapa del libro y dijo—: ¡Deseamos ir hacia *allá!*

El viento comenzó a soplar.

La casa del árbol empezó a girar.

Más y más rápido cada vez.

Después, todo quedó en silencio.

Un silencio absoluto.

CAPÍTULO DOS

¿Quiénes son?

Una ráfaga de nieve entró en la casa del árbol.

Annie y Jack llevaban puestos abrigos de lana, gorro y mitones. La mochila de lona de Jack se había convertido en un portafolio de cuero, con hebillas y correa larga. Los dos se asomaron a la ventana. Debajo del árbol vieron un inmenso parque nevado, bordeado por una hilera de pinos. Un poco más lejos, se veía el contorno de una ciudad.

—Sin duda, estamos en Nueva York. ¿Ves el Empire State? ¿Recuerdas que subimos hasta la cima? —Annie señaló el lejano edificio, que se alzaba por encima de los demás—. Esto debe de ser Central Park, aún recuerdo aquel inmenso parque —agregó.

—Sí, lo recuerdo —dijo Jack—. Pero ahora estamos en la Nueva York de 1938. Esto es muy diferente. Jack abrió el libro de referencia y leyó la introducción:

Nueva York es la ciudad más grande del hemisferio occidental; abarca un área de 322 millas cuadradas.

—Caramba, incluso en 1938, Nueva York era una ciudad enorme —agregó Jack—. Esto va a ser como buscar una aguja en un pajar.

—Leeré el poema de la misión —dijo Annie. En voz alta, leyó la primera estrofa:

Al último unicornio
lo tienen bien escondido,
quienes, con un hechizo,
lo han sorprendido.

—O sea, que a este unicornio lo hechizaron —dijo Jack—. Y debe de estar escondido en algún lugar de Nueva York. Por eso Merlín nos envió aquí.

—Correcto —añadió Annie. Y leyó la segunda estrofa:

Cuatro siglos y cuatro décadas
desde aquella tarde nublada,
al final de noviembre
la luna azul aguardaba.

—¿Qué es la luna azul? —dijo Annie, mirando hacia arriba—. Escuché eso alguna vez.

—Cuando hay dos lunas llenas en el mismo mes —dijo Jack—. No sucede muy seguido.

—Ah —exclamó Annie, y continuó leyendo:

Para irse libre a casa,
despertará de su sopor,
si lo llaman por su nombre:
de Roma Divina Flor.

—Entonces, ¿el nombre del unicornio es Divina Flor de Roma? —preguntó Jack.

—Creo que sí —respondió Annie, y continuó leyendo:

Deberá ponerse de pie,
cuando su nombre se escuche,
para que la cadena se rompa,
y el hechizo se esfume.

Una joven deberá amarlo
y mostrarle el camino,
o la gente verá por siempre,
lo que fue de su destino.

Si la oportunidad perdiera
de escapar con decisión,
la magia se esfumaría,
de su cuerno y su corazón.

—Entonces, ¡la joven soy yo! —dijo Annie—. Debo ayudarlo a regresar a su hogar, ¡o su magia se esfumará para siempre!

—Correcto —afirmó Jack—. Muy bien, repasemos; en algún lugar de Nueva York se exhibe un unicornio cuyo hechizo termina a fines de noviembre, antes de la luna azul. Pero él solo despertará cuando alguien lo llame por su nombre, *Divina Flor de Roma*. Luego, una joven, tú, deberá amarlo y mostrarle el camino para volver a su hogar.

—Genial —exclamó Annie—. Comencemos.

—¿Comenzar? ¿Por *dónde?* —preguntó Jack.

—Preguntémosles a algunos neoyorquinos si saben algo de un unicornio en la ciudad. Mira, en el parque hay gente —dijo Annie.

Desde la ventana, Jack divisó a unas niñas, que llevaban unos patines en la mano. Y, también, a dos personas paradas sobre una colina. Una llevaba puesta una capa; la otra, un impermeable largo.

—Si preguntamos por un unicornio, van a decir que estamos locos —comentó Jack.

—¿Importa eso? Tal vez *alguien* sepa *algo* que nos sirva. ¡Vamos, Jack! —Annie caminó hacia la escalera colgante.

Rápidamente, Jack guardó sus libros. Abrochó las hebillas de su portafolio y siguió a su hermana. Abajo, los dos miraron a su alrededor. Las niñas de los patines se habían marchado. Y las dos personas que estaban sobre la loma, también.

—¿Adónde habrán ido todos? —preguntó Jack.

—No lo sé. Ya encontraremos a alguien. Ven —dijo Annie.

Empezaron a caminar por el inmenso parque. La nieve caía brusca e intensamente. El viento soplaba con más fuerza.

—Oh, un lago congelado —dijo Annie—. Seguro que las chicas de los patines, venían de ahí.

Jack empezó a quitarse la nieve, que se le pegaba en los lentes. Sobre el lago, ya no quedaba nadie patinando. Solo ráfagas de polvo de nieve, rodando sobre el hielo.

—Vamos, no te detengas —dijo Jack.

Con esfuerzo, siguieron caminando por la nieve.

—¡Mira Jack! ¿Te acuerdas de eso? —preguntó Annie.

—¿De qué? —Al quitarse la nieve de los lentes, Jack vio un carrusel—. Oh, sí, claro —contestó. De visita en Nueva York, con su tía Mallory, Annie y Jack habían subido a ese carrusel. Pero ahora los caballos, despintados y sin jinetes, se veían tristes y solitarios.

—Siento como si fuéramos las únicas criaturas vivientes de Central Park —agregó Jack.

—¿Para dónde iremos ahora? ¿Por dónde vinimos? —preguntó Annie.

Con la intensa neblina, era difícil ver algo. Los edificios que bordeaban el parque y los rascacielos habían desaparecido.

—Leamos un poco —propuso Jack, sacando del portafolio el libro de referencia. Cuando vio un dibujo del Central Park, se detuvo:

Central Park es una extensa zona de naturaleza, en el medio de Nueva York. El parque tiene treinta y dos millas de sinuosos senderos y ocupa una superficie de 840 acres. Tiene formaciones rocosas, bosques y varios lagos. También...

—Está bien, ya entendí que estamos en un lugar muy grande —interrumpió Annie—. ¿No hay algún mapa que indique dónde estamos?

Jack trató de leer el índice, pero el viento y la nieve se lo impedían.

—Tratemos de salir del parque —sugirió, guardando el libro en el portafolio.

Se alejaron del solitario carrusel y continuaron caminando. De pronto, una ráfaga de viento le voló el gorro a Jack. Cuando se dio vuelta para agarrarlo, vio a una pareja caminando muy cerca de él y de Annie.

Al parecer, eran dos adolescentes, varón y mujer. Iban con la cabeza hacia abajo, luchando contra el viento. Ella llevaba puesta una capa oscura, con capucha. Él, un gorro y un impermeable, color piel, con un cinturón.

—Eh, mira… —le dijo Jack a Annie, pero el viento sacudió los árboles y, de las ramas, cayeron grandes masas de nieve. Annie y Jack se cubrieron la cabeza. Cuando el viento cesó, Jack miró a su alrededor en busca de la pareja.

—Se fueron —dijo.

—¿Quiénes? —preguntó Annie.

—Creo que eran dos adolescentes, varón y mujer. Los vimos antes, desde la casa del árbol. Me parece que están siguiéndonos —comentó Jack.

—Espera un momento, ¿dos adolescentes? ¿varón y mujer? ¿A qué te recuerda eso? —preguntó Annie.

—A Teddy y a Kathleen —contestó Jack, con una enorme sonrisa.

—Mira, en nuestras tres últimas misiones siempre había dos personas como ellos, tratando de colaborar con nosotros —comentó Annie.

—Exacto. Entonces, pidámosles ayuda —dijo Jack, dándose vuelta—. ¡Hola! —gritó.

—¡Hola! —gritó Annie.

Solo se oyó el aullido del viento, que hizo caer más nieve sobre Annie y Jack.

—Sigamos adelante, tarde o temprano, ellos nos encontrarán. Siempre lo hacen —dijo Annie.

CAPÍTULO TRES

Perdidos en Central Park

Annie y Jack siguieron avanzando hasta que, otra vez, llegaron al lago congelado.

—Ya pasamos por acá, estamos caminando en círculo. ¿Cómo vamos a hacer para salir del parque? —preguntó Jack.

—Tratemos de ir en línea recta —propuso Annie.

Luchando contra el viento, siguieron adelante. Jack miraba hacia atrás con la esperanza de volver a encontrar a Teddy y a Kathleen, aunque cada vez era más difícil ver algo. La nieve, densa y pegajosa, se amontonaba sobre los lentes, los brazos, la bufanda y dentro de los mitones de Jack.

—¡Ay, mira eso, Jack! —Annie se agarró del brazo de su hermano.

Sobre una loma cercana, un perro enorme acechaba como un lobo, con la boca abierta.

—¡Huy, no! —exclamó Jack.

El perro no se movía. Estaba completamente tieso.

De pronto, Annie empezó a reírse.

—¡Es una estatua! —dijo ella, mientras le quitaba la nieve a una placa, ubicada debajo del animal—. Su nombre era Balto. En 1925, recorrió seiscientas millas para llevar medicinas, durante una tormenta de nieve en Alaska.

—¡Eso sí que es impresionante! —exclamó Jack—. Pero… ¿cómo salimos del parque?

—Bueno, creo que este camino tiene que llevarnos a algún lado —comentó Annie.

Jack siguió a su hermana, por un sendero muy ancho. Caminaron y caminaron, pasando junto a una enorme plataforma nevada y a una fuente con una estatua; un ángel con alas tan desplegadas, que parecía a punto de levantar vuelo.

—¿Hacia dónde iremos ahora? —preguntó Jack, mirando los dos caminos que partían desde la fuente, uno hacia la derecha y el otro, hacia la izquierda.

—No sé, elige uno —dijo Annie.

Jack dobló hacia la izquierda y su hermana lo siguió a través de un lago congelado, y un puente, con forma de arco. Jack caminaba y caminaba, mirando hacia abajo. Cada vez que levantaba la cabeza, sentía que la nieve se le clavaba en la cara.

Trató de avanzar en línea recta, pero el camino se tornó complejo como un laberinto, ramificándose en diferentes senderos que, a su vez, partían en distintas direcciones. Jack trató de recordar la información del libro: *El parque tiene treinta y dos millas de sinuosos senderos.*

—¡Tenemos que *salir* de este lugar! —le gritó Jack a Annie—. ¡O nos quedaremos perdidos para siempre en Central Park!

Ella no respondió.

—¡Annie! —Jack se protegió la cara del viento y se dio la vuelta. Su hermana no estaba.

Desesperado, miró hacia todos lados, pero no podía ver nada; solo nieve y más nieve.

—¡Annie! —gritó Jack. ¿Su hermana se había equivocado de camino? —¡Annie!

"*¡Annie podría estar perdida en la tormenta por horas! ¡Podría morir congelada! ¡Tengo que encontrarla!*", pensó Jack.

Tratando de mantener la calma, respiró hondo, varias veces. "*Las rimas…*", pensó. Pero no podía recordar cuáles quedaban. Con los dedos congelados, desabrochó el portafolio, sacó el libro y lo protegió de la nieve, encorvándose sobre él. Se limpió los lentes y empezó a leer: *Convertirse en patos.* Esa rima no servía. *Bajar una nube del cielo.* Esa solo empeoraría las cosas. *Encontrar un tesoro que nunca se puede perder.*

"*¿Annie es un tesoro?*", se preguntó Jack. Él siempre había creído que los tesoros eran cosas supervaliosas, como el oro, la plata o las joyas exóticas.

Pero, ahora su hermana era más valiosa que cualquiera de esas cosas. Annie era lo más valioso del mundo. Cuando Jack encontró la rima la dijo en voz muy alta:

¡Tesoro perdido, hazte presente,
quédate conmigo, que sea para siempre!

—¡Jack!

Al instante, se dio vuelta. Annie estaba parada detrás de él.

—Estás aquí, pensé que te habías perdido —dijo Annie.

—¿*Yo?*, ¿perdido...? *Tú* te perdiste —agregó Jack, metiendo el libro en el portafolio.

—Yo, no. Tú... —insistió Annie.

—Bueno, olvídalo. Ahora, quédate junto a mí —dijo Jack, agarrando a su hermana de la mano, firmemente—. Veamos qué podemos hacer.

—Espera, ¿eso es un castillo? —preguntó Annie.

—¿Un *qué?* —preguntó Jack.

—Un castillo. ¡Mira! —respondió Annie.

—Jack miró a través de la intensa nevada y divisó un pequeño castillo.

—¿Un castillo en Central Park? ¡Esto es muy raro! —comentó.

—Vayamos a ver si hay alguien —sugirió Annie—. Quizá nos ayuden. La gente de un castillo podría saber algo acerca de los unicornios.

—O, al menos, sabrán cómo salir del parque —agregó Jack.

Con dificultad, Annie y Jack subieron por los escalones de piedra de la entrada del castillo. Estando arriba, Jack se dio vuelta para observar el parque. A lo lejos, vio dos siluetas borrosas; una llevaba puesta una capa oscura y la otra, un impermeable.

—¡Son ellos! ¡Son ellos! —gritó.

Pero una ráfaga de nieve envolvió a las dos siluetas. Jack se quedó mirando, con la esperanza de no perderlas de vista, pero la nieve terminó cubriendo todo.

—Ellos nos encontrarán, vamos —dijo Annie, entrando al castillo.

Detrás de ellos, la puerta se cerró de golpe. Annie y Jack se quedaron parados en el vestíbulo, débilmente iluminado.

—¿Hola? ¿Quién es? —preguntó un hombre.

—Somos Annie y Jack —gritó Annie.

El hombre era alto y delgado, y llevaba puesto un antiguo traje a rayas de color azul.

—¡Cielos! ¡Dos niños! ¿Qué hacen aquí en un día como este? —preguntó el hombre.

—Nos perdimos en el parque —explicó Jack—. Soy Jack y ella es Annie, mi hermana.

—Encantado de conocerlos, soy Bill Perkins, bienvenidos al Castillo Belvedere —dijo el hombre.

—¿Qué sitio es este? —preguntó Annie.

—Este lugar existe desde 1869 —explicó el Sr. Perkins—. Fue construido para deleite de los visitantes del parque, pero hoy se ha convertido en un sitio de observación de la naturaleza y del clima, a través de instrumentos de meteorología.

—¿Instrumentos de meteorología? —preguntó Jack.

—Sí, vengo de la oficina de Meteorología de los Estados Unidos para chequearlos —comentó el Sr. Perkins—. Ahora mismo, nuestros datos dicen que el clima está sufriendo cambios bruscos y severos.

Jack se estremeció, debajo de su ropa húmeda.

—Nuestros datos nos dicen lo mismo —agregó.

—Una tormenta del medio oeste trajo viento y nieve. Pero, al anochecer, las cosas podrían empeorar —dijo el Sr. Perkins—. Se aproxima ahora una tormenta del sur que va ganando fuerza a su paso.

—Eso parece serio —agregó Annie.

—Es mucho peor —añadió el Sr. Perkins—. Será desastroso. Cuando las dos tormentas se junten, van a crear una tempestad monstruosa. ¡La peor en la historia de Nueva York! ¡Incluso peor que la nevada de 1888!

Jack enmudeció.

—Pobre Nueva York —exclamó Annie.

—Sí, es lo único que le falta a nuestra ciudad, en estos tiempos tan difíciles —comentó el Sr. Perkins, sacudiendo la cabeza.

—Disculpe, quiero hacerle una pregunta —dijo Annie—. ¿Esta noche hay luna llena?

—Bueno, sí, pero no podrá verse. No con esta tormenta. En realidad, será la segunda luna llena del mes.

—¡*Una luna azul!* —exclamó Annie.

—Están en lo cierto; una luna azul, así es —confirmó el Sr. Perkins.

—Otra cosa, ¿sabe dónde podemos encontrar...? —agregó Annie.

—Eh... ¿animales raros o exóticos, en exhibición? —interrumpió Jack.

—Para ustedes, la mejor opción sería el Zoológico del Bronx. Allí hay animales de todo el mundo —dijo el Sr. Perkins.

—¡Genial! —exclamó Annie—. ¿Cómo hacemos para ir hasta allá?

—¡¿Qué?! ¡No pueden ir en un día como hoy! ¡Imposible! ¡No con esta tormenta! —recomendó el Sr. Perkins.

—Por supuesto que no —agregó Jack, rápidamente—. Pero, si fuéramos en unos días, ¿qué camino tendríamos que tomar?

—Bueno, la mejor manera sería tomar la línea West Side IRT —informó el Sr. Perkins.

—¿Qué es eso? —preguntó Jack.

—Es el tren subterráneo que recorre la zona del West Side. El tren número dos los lleva al Zoológico del Bronx —dijo el Sr. Perkins.

—Fantástico, gracias por todo, va a ser mejor que nos vayamos —contestó Jack. Él y Annie se dirigieron hacia la salida.

—Esperen, arriba hay un teléfono. Permítanme llamar a sus padres. Tal vez puedan venir a buscarlos —comentó el Sr. Perkins.

—Mm…, no…, eh…, aún no tenemos teléfono —contestó Annie.

—Así es —añadió Jack—, pero vivimos cerca, solo tenemos que salir del parque.

—Sí, hacia el West Side —agregó Annie.

—Ajá, hacia allá. ¿Puede decirnos cómo llegar? —preguntó Jack.

—¡Claro! —Cuando el Sr. Perkins abrió la puerta, entró una ráfaga de viento y nieve—. Crucen la terraza y bajen las escaleras. El camino los conducirá fuera del parque, a la calle 81. ¡Apúrense!

—¡Así lo haremos! —exclamó Jack.

—Muchas gracias, ¡Sr. Perkins! —dijo Annie. Ella y Jack avanzaron hacia la tormenta.

CAPÍTULO CUATRO

Tiempos difíciles

El viento azotaba los árboles desnudos y arrojaba más nieve sobre las altas lomas.

—¡Por allá! —dijo Annie, bajando por la escalinata del palacio—. Qué amable fue el Sr. Perkins —agregó, mientras se dirigían hacia el lado oeste del parque.

—Sí —exclamó Jack—. Algún día me gustaría volver para ver todos los instrumentos de meteorología.

Los dos avanzaron por la tormenta, hasta que divisaron unos edificios detrás de los árboles.

—¡Ya estamos casi afuera de Central Park! —dijo Annie.

—¿Ves a Teddy y a Kathleen? —preguntó Jack, mirando hacia todos lados.

—No, pero si queremos llegar al zoológico, va a ser mejor que sigamos caminando —sugirió Annie.

Jack coincidió con su hermana. El Sr. Perkins les había dicho que la tormenta de nieve iba a ser brutal al anochecer.

La salida del parque daba a una calle amplia. Allí, el viento arrastraba periódicos, sombreros y paraguas destruidos. Para no salir volando, Annie y Jack tuvieron que agarrarse del poste de una lámpara. Luego, cuando la tormenta se calmó un poco, cruzaron la avenida, llena de autos estacionados, casi todos enterrados bajo la nieve.

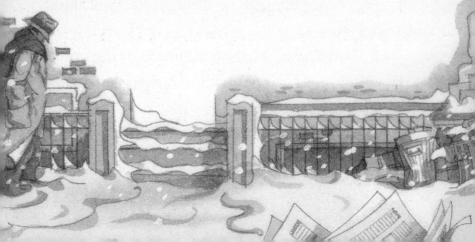

Al bajar por una calle lateral, Annie y Jack vieron a un anciano y a una mujer acurrucados junto a una puerta, tapados con mantas rotas, calentándose con una fogata. Más adelante, pasaron cerca de una fila de hombres harapientos que esperaban junto a un edificio debajo de un letrero que decía: "Sopa gratis".

Jack deseaba que todos pudieran refugiarse antes de que llegara la brutal tormenta.

—¡Perdón! —dijo Annie, mirando a los hombres de la fila—. ¿Saben dónde queda el metro West Side IRT?

—¡A dos cuadras! ¡Sigan por este camino! —contestó uno de los hombres.

—¡Muchas gracias! —respondió Annie.

Annie y Jack pasaron por un cuartel de bomberos, un comercio de quesos y un kiosco de periódicos. Todo estaba cerrado, con las persianas bajas. Los carros de los vendedores ambulantes estaban atascados en la nieve.

El viento, furioso, golpeaba los letreros. Algunos decían:

¡Albóndigas de frijoles - 10 centavos!

¡Panadería Zito - 5 centavos la barra de pan!

¡Hospedaje - 2 dólares a la semana!

Al cruzar la calle, Annie y Jack vieron a unos niños, repartidores de periódicos, todos apiñados debajo de una marquesina, con los pies y las manos envueltas en periódicos, para mantenerse abrigados.

—Discúlpenme, ¿dónde queda el metro? —gritó Jack.

—Al llegar a la esquina, doblen. ¡La pelota verde! —dijo uno de los niños.

"¿Pelota verde?", se preguntó Jack. *"¿Qué significa eso?"*.

—¡Gracias! —contestó Annie—. ¡Ustedes deberían irse a su casa! ¡Cuando oscurezca, la tormenta va a ser descomunal!

Annie y Jack continuaron su camino. Al doblar la esquina, Annie gritó:

—¡Miren! ¡Una pelota verde!

Arriba de un poste, había una pelota grande, de color verde. El poste, cercano a una escalera que conducía hasta abajo, tenía un letrero que decía:

TRENES IRT, HACIA LA PARTE
ALTA DE LA CIUDAD

—¡El Sr. Perkins dijo que tomáramos el número dos! —comentó Annie.

—Espera, ¿ves a Teddy y a Kathleen? —preguntó Jack, tratando de ver a través de la nevada. Annie miró también.

—No los veo, pero seguro nos encontrarán —dijo Annie. Ella y Jack bajaron por las escaleras, llenas de gente buscando refugio. En medio del gentío, Annie y Jack se dirigieron a la estación.

Frente a un torniquete, una larga fila aguardaba el turno para pasar. Allí, un letrero decía:

METRO: 5 centavos

—Uy, ¿tienes dinero, Jack? —preguntó Annie.

—Sí, creo que salí de casa con, al menos, un dólar en monedas —contestó Jack, sacando dos níqueles del bolsillo.

—Genial —exclamó Annie, caminando hacia la fila.

Mientras esperaban, Jack contempló la estación. Un hombre tocaba un banjo, pero nadie prestaba atención. Un hombre harapiento pasó pidiendo dinero con un sombrero. Jack agarró otro níquel de su bolsillo y lo puso en el sombrero.

—Gracias. ¡Dios lo bendiga! —dijo el mendigo.

—Gracias —contestó Jack.

El mendigo siguió su camino y Jack miró a Annie.

—Le di una moneda de un níquel y se puso tan feliz —dijo Jack.

—Lo sé. Aquí todos son muy pobres y están desesperados —comentó Annie.

—¿Por qué será? —preguntó Jack. Mientras la fila avanzaba lentamente, agarró el libro de referencia y se puso a leer la introducción:

Entre 1930 y 1939, Nueva York y el resto de los Estados Unidos sufrieron un período muy difícil, denominado la Gran Depresión; los empleos escaseaban y mucha gente estaba sin dinero y sin techo.

—De eso hablaba el Sr. Perkins —dijo Jack—. ¡Tiempos difíciles!

—Ojalá pudiéramos ayudar a todos —agregó Annie.

—Sí, ojalá —añadió Jack.

—Pero ahora tenemos una misión: salvar al unicornio del hechizo —dijo Annie.

—Nuestra misión parece sacada de un cuento de hadas —comentó Jack—, y no del mundo real de la Gran Depresión.

—Ya lo sé —agregó Annie—. ¡Eh, ya casi es nuestro turno! ¿Qué haremos?

—¡Observemos a la anciana que está adelante! —propuso Jack.

Los dos miraron cómo la mujer mayor colocaba un níquel en la ranura del torniquete, para acceder a la plataforma de la estación. Luego, la anciana atravesó la entrada y se unió a la gente que aguardaba el tren. Annie y Jack colocaron su moneda y entraron a la plataforma. Allí hacía muchísimo frío. La gente se veía muy preocupada, como si el tren no fuera a llegar jamás. Jack también estaba preocupado, pero porque la misión parecía no tener sentido. Él y su hermana trataban de llegar al zoológico antes de la luna azul y antes de que la tormenta de nieve irrumpiera en la ciudad. Pero, cuando llegaran al zoológico, ¿qué pasaría?

—Lo que no entiendo es lo siguiente: el poema

dice que el unicornio está en exhibición. Pero si eso es cierto, ¿por qué nunca supimos que en el zoológico de Nueva York había un unicornio? Esa hubiera sido una gran noticia.

—Sí, pero recuerda que el poema dice que está bien escondido y que está bajo un hechizo —explicó Annie—. Tal vez, por ese hechizo, el unicornio se ve como un animal común. Pero cuando lleguemos al zoológico y digamos su nombre, él saldrá de su escondite... y...

—¿Revelará su verdadera naturaleza? —dijo Jack.

—¡Exactamente! —agregó Annie.

—De acuerdo —respondió Jack—. ¿Pero cómo sabremos qué animal hay que buscar?

De pronto, se oyó un sonido metálico. Al final de túnel, se vieron unas luces. Annie y Jack avanzaron llevados por la multitud.

El tren subterráneo, con un sonido retumbante, estacionó junto a la plataforma. En una ventanilla lateral, Jack vio el número 2.

—¡Vamos, es nuestro tren! —dijo.

El tren se detuvo y la muchedumbre subió al instante, ocupando todos los asientos. Annie y Jack terminaron apretujados en el pasillo de uno de los primeros vagones, cogidos de un tubo platea-do, mientras el resto de la gente seguía subiendo, agarrándose de las tiras que colgaban del techo. A Jack no le importaba el amontonamiento, en tanto el calor de la gente le quitara el frío de los huesos.

—¡Mira, Jack! —gritó Annie, señalando hacia una de las ventanas.

Jack alcanzó a ver a dos personas que corrían hacia los vagones traseros. Una llevaba puesta una capa larga y la otra, un impermeable color piel.

De pronto, sonó una campana, las puertas se cerraron y el tren inició la marcha.

—¡Sí! ¡Se subieron! —exclamó Annie.

—Genial —dijo Jack, con una sonrisa de oreja a oreja—. Los veremos al llegar.

—¿Pero *dónde* tenemos que bajarnos? —pre-guntó Annie.

—¡Ay, nos olvidamos de preguntar! —dijo Jack, mirando a la mujer que estaba al lado.

—Discúlpeme, señora ¿dónde hay que bajar para ir al Zoológico del Bronx?

—En Tremont Avenue —contestó la mujer, hoscamente.

—¿Dónde queda eso? —preguntó Annie.

—Pueden fijarse en el mapa que está ahí —respondió la mujer, señalando la pared superior del vagón.

Annie y Jack observaron las líneas de color del mapa del metro.

—Para mí, este dibujo no tiene sentido —comentó Jack.

—¿Necesitan ayuda? —preguntó una niña, sentada debajo del mapa. Sobre la cabeza, llevaba puesto un chal raído, color violeta.

—Sí, por favor —dijo Annie—. ¿Dónde hay que bajar para ir al Zoológico del Bronx?

—Es mucho más hacia el norte —respondió la niña—. Yo les avisaré, descuiden.

—¡Gracias! —exclamó Jack.

El tren siguió su camino, entre sacudidas y chirridos, parando en cada estación.

En cada parada, Jack miraba por la ventana para ver el nombre de la estación, pero, a veces, había demasiada gente en el andén. Estaba agradecido por la ayuda de la niña.

Luego, justo cuando empezaba a sentirse a gusto y un poco adormecido, oyó la voz de la niña:

—¡En la parada siguiente tienen que bajarse!

—¡Muchas gracias! —exclamó Annie. Ella y Jack se abrieron paso entre la gente. El tren se detuvo, las puertas se abrieron, y la ola de gente que bajaba empujó a Annie y a Jack hacia la plataforma.

Luego, el tren arrancó y siguió su recorrido.

CAPÍTULO CINCO

Los Claustros

—Annie, ¿ves a Teddy y a Kathleen? —Entre la muchedumbre que caminaba hacia las salidas de la estación del tren. Jack no veía a nadie parecido a los dos jóvenes magos.

—No —dijo Annie—, pero si nosotros pudimos averiguar dónde bajar, ellos también lo harán. Apurémonos para llegar al zoológico. Seguro los veremos allá.

Mientras avanzaban con la gente, Annie y Jack pasaron junto a una caseta.

—Espera, preguntaré hacia dónde hay que ir —dijo Annie, colocándose en la fila de gente—. Disculpe, ¿cómo se llega a pie al Zoológico del Bronx?

—¿A pie, al Zoológico del Bronx? Pero, ¿qué dices, niña? —preguntó el hombre—. Esta no es la parada, es mucho más al norte.

—¿Quiere decir que nos equivocamos de estación?—preguntó Annie.

—Así es, pero no importa —agregó el hombre—. De todos modos, ahora no se puede llegar. Las vías cercanas al zoológico no son subterráneas y acabo de oír que la nieve las ha cubierto por completo.

—Oh, no —dijo Jack.

—En fin, es un día terrible para ir al zoológico —dijo el hombre—. ¡Siguiente!

Annie y Jack se alejaron de la cabina y salieron de la estación. La acera estaba desierta.

—Oh, cielos, la niña nos informó mal —dijo Jack.

—¡Esto es terrible! —dijo Annie.

—No me digas —comentó Jack. Y miró a su alrededor, preguntándose qué hacer.

¡*AJU-GA*! ¡*AJU-GA*!

—¿Qué fue eso? —preguntó Jack.

—Parece un taxi. —Annie señaló un enorme automóvil amarillo, con un dibujo a cuadros y letras en el costado. Una vez más sonó la bocina: ¡*AJU-GA*! ¡*AJU-GA*!

—¿Necesitan un taxi? —gritó el conductor, sacando la cabeza por la ventanilla. El hombre llevaba puesta una gorra grande de piel, que le cubría las orejas.

—¡Sí! —gritó Annie—. ¡Vamos, Jack! ¡Él podrá llevarnos al zoológico! —Jack corrió detrás de su hermana, en medio de la nieve.

El taxista se bajó del auto y abrió la puerta trasera.

—¡Vamos, suban! —dijo, detrás de una bufanda que casi le cubría toda la cara.

—¡Gracias! —contestó Jack, y subió al taxi.

El automóvil era tan grande que Jack podía estirar los pies sin tocar el asiento delantero.

—Eh, en los autos antiguos hay más espacio que en los nuestros —le dijo a Annie.

—Sí —contestó ella—. Y no hay cinturones de seguridad.

—Es verdad, creo que los autos antiguos no tenían —agregó Jack—. Espero que este hombre maneje bien.

El taxista abrió una pequeña ventana, que separaba el asiento delantero del trasero.

—¿Adónde vamos? —preguntó.

—¿Puede llevarnos al Zoológico del Bronx? —preguntó Annie.

—Tenemos mucha prisa por llegar allí —dijo Jack.

—Claro, jovencitos —contestó el taxista.

—Genial —agregó Jack.

—¿Cuánto va a costar el viaje? —preguntó Annie.

—Más o menos treinta centavos, ¿pueden pagarlo? —preguntó el taxista.

—Claro, jovencito —contestó Annie.

El taxista, riéndose, cerró la ventana y enseguida inició el recorrido por la nieve.

—Todo es tan barato por acá —le dijo Annie a Jack.

—Para *nosotros,* sí —comentó él—, pero estamos en la Gran Depresión. Hay mucha gente que ni siquiera tiene un níquel.

De golpe, el taxi patinó sobre el hielo y chocó contra la acera.

—¡Huy! —exclamó Jack, resbalándose del asiento.

—¡Perdón, jovencitos! —gritó el taxista, retomando la calle. Pero a cada rato daba un giro brusco de volante.

El viaje parecía peligroso con el mal clima, pero Jack no quería bajarse del auto todavía. Nervioso, miraba por la ventana la calle desierta, los comercios cerrados, la nieve acumulada sobre las escaleras de las casas, las escaleras de incendio y los balcones de hierro. Muchos de los edificios estaban destartalados y semidestruidos, con las ventanas rotas.

—Tiempos difíciles —comentó Annie, en voz baja.

—Ajá —dijo Jack, y respiró hondo.

Mientras el taxi subía por una calle bordeada de árboles altos, de repente patinó y se detuvo. El motor rugió pero los neumáticos solo giraban en la nieve.

—¿Qué sucede? —preguntó Jack, en voz alta y golpeó la ventana del conductor.

—Estamos en problemas, jovencitos, parece que estoy atascado —dijo el taxista.

—¿Estamos cerca del zoológico? —preguntó Annie.

—Lamento decir que queda muy lejos de aquí —respondió el hombre—, pero este taxi ya no puede ir a ningún lado. No sé qué más puedo decirles.

—Oh, bueno, gracias —dijo Annie—. ¿Cuánto le debemos?

—Olvídense, jovencitos, les deseo buena suerte —dijo el taxista.

—Buena suerte para usted —agregó Annie, abriendo la puerta, y ella y Jack regresaron a la inclemencia del viento frío. El motor del auto seguía oyéndose y las ruedas empezaron a patinar desparramando nieve sucia hacia todos lados.

—No puedo creerlo —dijo Jack.

—Tal vez haya una estación de metro cerca de aquí —comentó Annie.

—El hombre de la caseta dijo que el metro no está llegando hasta el zoológico —agregó Jack.

—Ya lo sé, pero, quizá podamos acercarnos un poco —insistió Annie.

Ambos avanzaron por la nieve, hasta que llegaron a un peñasco empinado. Desde allí, no podían ver nada, solo nieve y más nieve, que el viento arremolinaba.

—¿Dónde estamos? —preguntó Annie.

—No tengo idea —respondió Jack, tiritando del frío, que le quemaba los ojos y las orejas. Las manos y los pies se le habían adormecido. *"¿Esto no es lo que se siente cuando uno está congelándose?"*, pensó. *"¿Adormecimiento?"*.

—Volvamos al taxi hasta que se nos ocurra qué hacer —propuso Jack—. Al menos, huyamos del viento.

—Está bien —dijo Annie—. Tal vez el taxista pueda echar a andar el auto.

Volvieron por donde habían llegado, pero ¡el taxi ya no estaba!

—Por lo visto pudo sacar el auto —dijo Annie—, pero ¡nos dejó!

—¡Oh, cielos! ¡A esto le llamo tener mala suerte! Y creo que ahora sí estoy congelándome de verdad —comentó Jack.

—Parece que hay un edificio por allá —dijo Annie—. Veo una torre.

—Sí, yo también la veo. Vayamos para allá y pensemos qué podemos hacer —dijo Jack.

Annie y Jack subieron por lo que parecía ser una larga entrada para automóviles, hasta que llegaron al edificio de piedra de color gris. Jack quitó la nieve que cubría un letrero que estaba en el frente.

CLAUSTROS DEL MUSEO METROPOLITANO
ABIERTO AL PÚBLICO

—¡Un museo! —exclamó Annie—. Entremos a preguntar cómo llegar al zoológico.

—Sí, y a calentarnos un momento —sugirió Jack.

Subieron por los escalones de los Claustros, cubiertos de nieve. Annie abrió la puerta y el viento casi los metió adentro de un empujón.

De inmediato, cerraron la puerta.

—¡Oh, los primeros visitantes del día! —dijo una mujer, con voz aflautada.

Annie y Jack se dieron vuelta. Junto a un escritorio de una esquina del museo, había una mujer delgada, de cabello corto y gris y mirada amistosa, vestida con un uniforme verde.

—Disculpe, pero no podemos quedarnos mucho tiempo —comentó Annie—. Solo entramos para calentarnos un poco y buscar información.

—¿En qué puedo ayudarlos? —preguntó la mujer.

—Necesitamos llegar al Zoológico del Bronx —explicó Jack—. ¿Hay algún metro cercano?

—Por aquí pasa el tren de la línea "A", pero no los deja cerca del zoológico —dijo la mujer.

—¡Maldición! —exclamó Annie.

—Oh, yo no me pondría así —dijo la mujer—. Me quedaría a disfrutar de los Claustros. ¡No se arrepentirán! ¡Se lo prometo! Aquí podrán encontrar la mayoría de las obras de la colección medieval del famoso Museo Metropolitano de Arte.

—¿Qué es un claustro? —preguntó Annie.

—Es un jardín o patio cerrado —dijo la mujer del museo—. Aquí tenemos cuatro claustros en total, que evocan la época medieval maravillosamente; desde el período románico hasta el etéreo y elegante arte gótico.

—Genial —dijo Jack educadamente, aunque no tenía idea de lo que hablaba la mujer.

—Los jardines *son* frescos la mayoría de los días, mis queridos —dijo la mujer—, pero hoy ¡son un hielo! No se preocupen, no necesitan ir afuera para disfrutar del museo. Adentro hay muchas obras en exhibición, muy bonitas. En especial, los tapices realizados con finos hilos por tejedoras holandesas. Son maravillosos. Durante años, estuvieron colgados en un castillo francés y, por suerte, se salvaron de la destrucción de la Revolución. Luego, durante dos generaciones...

—Disculpe —dijo Jack, ansioso por que la mujer terminara su aburrida conferencia para continuar su camino. Pero ella continuó hablando.

—Los tapices fueron utilizados por campesinos para proteger papas almacenadas en sus establos hasta que, por fin, una condesa los rescató. Los tapices fueron restaurados y en el año 1922, el Sr. Rockefeller, hijo, los compró. Justo el año pasado, el Sr. Rockefeller se los obsequió a...

—¡Oh, eso es genial! —interrumpió Jack, simulando interés, para poder escapar—. ¡Nos *encantaría* verlos! ¿Dónde están?

—La sala de los tapices está del otro lado del primer claustro —explicó la mujer, señalando el camino—. Doblen en esa esquina, salgan por la puerta y crucen el jardín hasta la puerta de la sala de tapices.

—Vamos, Annie, ¡rápido! —dijo Jack. Los dos doblaron en la esquina y salieron al jardín nevado.

—¡Uf! —exclamó Jack—. No quise ser grosero, pero tenemos poco tiempo.

—Lo sé —contestó Annie.

—¿Y ahora, qué? —preguntó Jack, tiritando de frío.

—Necesitamos saber dónde estamos exactamente —sugirió Annie—, y dónde queda el Zoológico del Bronx. Quizá podamos llegar caminando.

—Vamos, entremos en la sala de los tapices para revisar nuestro libro de referencia, a ver si tiene un mapa —dijo Jack.

Los dos caminaron por el costado del jardín, por debajo de un camino techado. Al llegar a una puerta, Jack la abrió y ambos entraron en una habitación amplia y cálida.

Jack cerró la puerta a la tormenta y desabrochó su portafolio para sacar el libro.

—¡Oh, uau! —exclamó Annie.

—¡¿Qué?! ¡¿Qué?! —preguntó Jack.

Las paredes de la sala estaban cubiertas con bellas telas, tapices que brillaban con colores plateados y dorados.

—¡Oh…! —susurró Jack.

—*¡Un unicornio!* —exclamó Annie.

CAPÍTULO SEIS

La caza del unicornio

Los siete tapices de la sala estaban tan arriba que parecían colgar del techo de madera. Jack, en voz alta, leyó la información del primer tapiz:

La Caza del Unicornio
Tapices realizados en Holanda a fines del siglo XV.

En el primer tapiz, se veía a un grupo de cazadores, con perros, buscando al unicornio. El segundo tapiz mostraba la imagen de los cazadores encontrando al unicornio.

En el resto de los tapices, se veía al unicornio intentando escapar, saltando por encima de un arroyo, perseguido por los perros y, luego, se lo ve capturado y atravesado por las lanzas de los cazadores.

Extrañamente, en el último tapiz aparecía el unicornio, vivo otra vez, sentado en un jardín lleno de flores bordeado por un vallado de madera. Alrededor del cuello, el mítico animal tenía un ancho collar, azul y dorado, con una cadena atada a un árbol.

—¡Es él! —dijo Annie, con voz suave.

—¿Cómo puede ser él? —preguntó Jack—. Es un dibujo sobre un tapiz.

—Vuelve a leer el poema de Merlín —propuso Annie.

Jack abrió el portafolio, sacó el pergamino y empezó a leer en voz alta:

Al último unicornio
lo tienen bien escondido,
quienes, con un hechizo,
lo han sorprendido.

—El unicornio está escondido en el tapiz —dijo

Annie—. La gente que lo tejió debe de ser la que hechizó al unicornio.

—Mmm... —exclamó Jack, y siguió leyendo.

Cuatro siglos y cuatro décadas
desde aquella tarde nublada,
al final de noviembre
la luna azul aguardaba.

—Espera, haz el cálculo —interrumpió Annie.

—Muy bien —dijo Jack, sacando lápiz y cuaderno—. A ver, cuatro siglos son cuatrocientos años y cuatro décadas, cuarenta. Si sumamos todo, da cuatrocientos cuarenta y si a 1938 le restamos cuatrocientos cuarenta, nos da... 1498.

—¡Bingo! —exclamó Annie—. ¡Los tapices fueron tejidos a fines del siglo XV! Estamos a fines de noviembre y el Sr. Perkins dijo que esta noche... ¡habrá luna azul!

—¡Oh, cielos! —susurró Jack, y siguió leyendo:

Para irse libre a casa,
despertará de su sopor,
si lo llaman por su nombre:
de Roma Divina Flor.

Annie contempló el tapiz.

—*¡Divina Flor de Roma!* —exclamó.

El unicornio siguió inmóvil.

—*¡Divina Flor de Roma!* —dijo Jack, en voz alta.

Él y Annie se quedaron mirando y esperando, pero nada cambió. El tapiz seguía exactamente igual que antes.

—Tal vez no es el unicornio correcto —comentó Jack.

—Quizá no es el nombre correcto —agregó Annie—. Lee lo que sigue.

> *Deberá ponerse de pie,*
> *cuando su nombre se escuche,*
> *para que la cadena se rompa,*
> *y el hechizo se esfume.*

—¡Él es el unicornio correcto! —afirmó Annie—. ¿Lo ves? ¡Ahí está la cadena!

—Sí, pero, ¿por qué no pasó nada cuando dijiste su nombre? —preguntó Jack.

—No lo sé. ¿Qué más dice el poema? —agregó Annie.

Jack siguió leyendo:

Una joven deberá amarlo
y mostrarle el camino,
o la gente verá por siempre,
lo que fue de su destino.

Si la oportunidad perdiera
de escapar con decisión,
la magia se esfumaría,
de su cuerno y su corazón.

—¡Está exhibido en un lugar público y *yo soy* la niña, Jack! —dijo Annie—. ¡Lo amo! ¡Le mostraré el camino!

—De acuerdo, pero, cálmate. Primero, tenemos que despertarlo —agregó Jack. De golpe, afuera se oyeron voces. Jack se asomó a una ventana y vio a dos personas, que atravesaban el claustro, con la cabeza hacia abajo, evitando la nieve. Una llevaba puesta una capa oscura y la otra, un impermeable color piel.

Jack, con una gran sonrisa, se volvió hacia su hermana.

—¡Tenías razón! ¡Nos encontraron! ¡Teddy y

Kathleen están aquí! *¡Ellos sabrán* cómo romper el hechizo! —comentó Jack.

—¡Claro que sí! —afirmó Annie, rebosante de alegría—. Esta vez vamos a sorprenderlos nosotros.

—¡Allá adentro! —sugirió Jack. Ambos entraron corriendo en una habitación, a un lado de la sala de tapices. De pronto, la puerta del claustro se abrió y oyeron pasos.

Annie y Jack se miraron, sonrientes. Jack hizo un gesto para que Annie se mantuviera en silencio. Luego, en la sala de tapices, se oyó la voz ansiosa y nerviosa de un niño:

—¡Grinda, no están aquí!

—Sí, tienes razón, Balor, pero *mira...*

—¡Ahhh! ¿Es él, Grinda?

—¿Grinda? ¿Balor? —susurró Annie, agarrando a su hermano del brazo.

—Shhh —susurró Jack.

—Por supuesto, ¡es él! —dijo la niña—. Te dije que esos dos mocosos de Frog Creek nos traerían a él. ¡Ten lista la soga!

—A la orden —exclamó el niño.

Annie y Jack espiaron desde una esquina, cuidadosamente, y vieron a una niña y a un niño parados frente al unicornio del último tapiz. El niño tenía una cuerda gruesa de color negro.

—Di su nombre, Grinda —dijo el niño.

La niña dio un paso adelante y alzó los brazos enfrente del unicornio.

—*¡Dianthus!* —dijo, en voz alta.

En la entrada, sopló una ráfaga de viento. Las flores del tapiz se movieron, como tocadas por el aire. Un aroma a rosas inundó la habitación y el unicornio movió la cabeza.

—¡Ohh! —susurró Annie.

—Prepárate, Balor, lo llevaremos con su amo —comentó la niña.

—¿Quién es el amo? —le preguntó Annie a Jack, en voz muy baja.

—No lo sé —respondió Jack—, pero no creo que sea un buen hombre.

La niña se acercó al tapiz y le habló al unicornio, suavemente:

—Ven, ven, mi adorado Dianthus, ponte de pie, sal de esa vieja alfombra...

El unicornio giró la cabeza y miró a la niña. Los ojos azules de Dianthus reflejaban antigüedad y juventud, y, a la vez, sabiduría e inocencia. El unicornio alzó la cabeza, como si estuviera por pararse.

La niña le hizo un gesto al niño y él, lentamente, hizo un nudo corredizo con la cuerda negra. La niña volvió a mirar al unicornio:

—¡Ven a mí, Dianthus! —dijo la pequeña, con tono persuasivo—. No tengas miedo. Te amaré y te mostraré el camino…

—¡No, Dianthus! ¡No te acerques a ella! —gritó Annie, saliendo de su escondite.

Balor y Grinda se dieron vuelta, sorprendidos.

—¡Déjenlo en paz! —le gritó Annie a la pareja de extraños—. ¡Ustedes no lo aman! *¡Nosotros* sí!

En ese momento, hubo un destello de luz y el unicornio, como un ciervo, saltó del tapiz, por encima de la cerca tejida. Balor y Grinda se estremecieron y dieron un salto hacia atrás. Jack se cubrió la cabeza.

Luego, todo quedó en silencio. Jack levantó la mirada. El tapiz de la pared, seguía igual que antes; con un unicornio, encadenado a un árbol.

Sin embargo, delante de Jack, estaba la criatura más hermosa que él jamás hubiera visto.

CAPÍTULO SIETE

Dianthus

El unicornio tenía el pecho ancho y blanco como la nieve, y un cuello muy elegante. Debajo de la boca, tenía un mechón rizado y, en medio de la frente, un cuerno anillado. Parado con su imponente figura, el animal parecía brillar.

Balor y Grinda, se quedaron mirándolo. Los dos estaban muy asustados. Entonces Annie dio un paso adelante.

—Hola, Dianthus —susurró, acariciándolo—. Jack, tócalo, siente cómo le late el corazón.

—¡Apártense! —ordenó Grinda, parándose entre Annie y Jack—. El unicornio es nuestro y vendrá con nosotros.

—¡No es de ustedes! —dijo Annie.

—Después de todo, ¿ustedes quiénes son? ¿De dónde vienen? —preguntó Jack.

Grinda, enojada, miró a Jack.

—*Él* y nosotros venimos del mismo mundo mágico —dijo ella—. Nos pertenece a nosotros, no a *ustedes*. ¡Balor!

El niño empujó a Annie y trató de atar al unicornio con la cuerda. Pero Dianthus se encabritó y se dio vuelta, forzando a Grinda y a Balor a apartarse.

Luego, salió trotando de la sala de tapices hacia el jardín. Annie y Jack lo siguieron y, detrás, veloces, salieron Grinda y Balor. Pasaron por delante de Annie y Jack y Balor agarró al unicornio por el collar azul.

—¡Tú vienes con nosotros, estúpido, te guste o no! —dijo.

—¡No le hagas eso! —gritó Annie—. ¡Y no le digas estúpido!

Dianthus trató de liberarse.

—¡Déjenlo! —gritó Annie—. ¡No quiere ir con ustedes!

—No tiene otra opción —contestó Grinda—. Le pondremos la cuerda y, de inmediato, será transportado con nosotros al Castillo del Hechicero Negro.

—¡No! —gritó Jack. Corrió hacia Balor y trató de quitarle la cuerda de la mano. Él soltó al unicornio y empujó a Jack sobre la nieve. Luego, volvió junto a Dianthus y empezó a impulsar la correa para enlazarlo.

El unicornio, echando aire caliente por la nariz, retrocedió y le golpeó las piernas.

—¡Una rima, Jack! —gritó Annie—. ¡Una rima!

Arrodillado sobre la nieve, Jack sacó el libro del portafolio y, frenéticamente, empezó a buscar una rima que aún no hubiesen usado.

—"*¿Bajar una nube del cielo?*" —le gritó a su hermana.

—¡La que sea! ¡Inténtalo! —contestó Annie, en voz alta.

Jack leyó la rima:

¡Nube suavecita, masa de algodón,
baja de lo alto, danos protección!

Una niebla blanca y espesa invadió el claustro. Jack casi no podía verse las manos.

—Balor, ¿dónde estás? —chilló Grinda.

—¡Aquí! —gritó el niño.

De pronto, alguien agarró del brazo a Jack, pero él luchó por soltarse.

—¡Suéltame! —gritó.

—¡Soy yo! —susurró Annie—. ¡Vámonos!

Jack se puso de pie, aferrándose a su hermana, y los dos corrieron a ciegas a través del jardín hasta que se toparon con la puerta que daba al salón principal.

—¡Dianthus, aquí! —susurró Annie.

Jack oyó el sonido suave de las pezuñas del unicornio sobre la nieve.

—¿Adónde fue? —preguntó Balor.

—¡Encuéntralo! —chilló Grinda.

Jack estiró la mano y tocó la melena suave del unicornio. Annie empujó la puerta y ella, Jack y Dianthus entraron en el salón central.

Jack cerró la puerta antes de que Grinda y Balor entraran. En el salón central no había una pizca de niebla. La dama del museo, que seguía detrás de su escritorio, miró a Jack, a Annie y al bello unicornio, que acababa de entrar del jardín. La mujer abrió la boca y volvió a cerrarla.

Dianthus avanzó elegantemente por el piso de madera. Annie y Jack lo siguieron.

La mujer se quedó mirando sin pestañear, mientras el unicornio pasaba por delante del escritorio. Ella estiró el brazo y alcanzó a tocarlo. Asombrada, retiró la mano rápidamente.

—Gracias por mantener el museo abierto hoy —dijo Annie—. Y gracias a Rockefeller por sus obsequios.

La dama del museo seguía abriendo y cerrando la boca, sin poder decir una palabra.

Jack abrió la puerta de la calle. Él y Annie siguieron a Dianthus bajando por el camino de piedra. La nevada se había tornado más intensa, más que nunca. El viento gemía. El unicornio sacudió la cabeza y se arrodilló.

—¡Quiere que lo montemos! ¡Rápido! ¡Súbete detrás de mí! —Annie se sentó sobre el lomo del unicornio y Jack se ubicó detrás de ella.

Dianthus se puso de pie.

De repente, Grinda y Balor salieron como una tromba por la puerta del museo.

—¡Deténganse! —vociferó Grinda.

Dianthus se dio vuelta y los miró. Luego, saltó ágilmente por encima de una loma de nieve y se marchó en medio de la tormenta sombría.

CAPÍTULO OCHO

De vuelta a la vida

Jack se agarró de su hermana. Dianthus saltó por encima de la entrada de los Claustros y corrió calle abajo, cómodamente. Sus largos pasos eran tan suaves y elegantes que Jack casi no percibía el movimiento.

Mientras avanzaba, el unicornio llevaba la cabeza en alto. Con el largo cuerno anillado, parecía desafiar la furia de la tormenta, intimidando al viento y a la nieve. De repente, Jack volvió a sentir los dedos de las manos y los pies, y calor en todo el cuerpo.

Dianthus bajó por una avenida desierta, junto a la ribera, y por un puente vacío.

Sobre las olas tormentosas, las torres y cables del puente formaban un arco plateado por encima del ancho río. Cuando el unicornio pasó por allí, las aguas empezaron a serenarse.

Dianthus se alejó de la ribera y bajó por una calle. El viento silbaba entre los edificios. Pero el cuerno del unicornio tornó el silbido en una brisa suave, y la nevada salvaje, en copos de nieve con forma de estrella, como los de las tarjetas de Navidad.

Mientras Dianthus trotaba calle abajo, los taxis y tranvías, inmovilizados por la nieve, volvieron a circular. En las cafeterías y clubes de jazz, se encendieron las luces. Al pasar por allí, Jack oyó una música alegre.

Así, el unicornio avanzó por la ciudad, con trote firme y calmo. Cuando Dianthus pasó por unas viejas mansiones, edificios de apartamentos destartalados y hoteles descuidados, se veía a la gente espiando por puertas y ventanas, intrigados por la súbita calma de la tormenta.

Al ver a Dianthus, con su cuerno radiante, avanzando por la calle sin viento, todos sonreían alegremente. Las campanas de la iglesia empezaron a sonar, rompiendo el blanco silencio.

Por fin, el unicornio se topó con una pared de piedra, que bordeaba el Central Park. Saltó por encima de ella y aterrizó de rodillas sobre una loma de nieve. Sin esfuerzo, se levantó de un salto. Empezó a galopar por una planicie y bajó por una pendiente.

Lentamente, las nubes fueron separándose y la luz del atardecer lo inundó todo.

—¡Maíz caliente! —gritó un vendedor, abriéndose paso con el carro, por la nieve.

—¡Castañas tostadas! —vociferó otro.

El aroma del maíz y las frutas secas invadió el aire nuevo y dorado del parque.

Luego, el unicornio pasó por el Castillo Belvedere. Bill Perkins estaba parado en la puerta, contemplando el claro cielo azul.

—¡Eh, señor Perkins, la tormenta gigante ya no vendrá! —gritó Annie.

Cuando el hombre del clima vio a Annie y a Jack, sentados en el lomo del unicornio blanco, se quedó con la boca abierta. Luego, sonrió y los saludó.

Annie y Jack siguieron adelante. Al pasar junto a la estatua del ángel alado, Jack creyó ver que las alas se movían.

—¿Viste eso? —le preguntó a Annie, emocionado.

—¡Sí! —contestó ella.

Al pasar cerca de la estatua de Balto, Jack oyó ladrar al perro de trineo.

A unos pasos del carrusel, oyó relinchos, acompañados por una música alegre.

Dianthus avanzó por el brillante sendero. Saltó por encima de una pared de piedra y empezó a galopar por otro prado.

El cuerno del unicornio resplandecía, en medio del campo nevado, matizado por un reflejo dorado y cobrizo. Dianthus se detuvo al llegar al árbol, que tenía una casa en la copa.

Annie se abrazó al cuello, largo y elegante del unicornio.

—¡Gracias, gracias! —susurró, besándolo.

—Sí, ¡es fantástico! —exclamó Jack.

Annie miró a su hermano, de reojo.

—¿Y ahora qué? —preguntó.

—Creo que tenemos que bajarnos —contestó Jack.

—Pero, después, ¿qué? ¿Adónde irá Dianthus? —preguntó Annie.

—Esa es una buena pregunta —respondió Jack.

—*Vendrá con nosotros, naturalmente* —contestó alguien.

Annie y Jack enmudecieron.

Balor y Grinda salieron de detrás del árbol. Balor llevaba la soga negra en la mano.

—¿Cómo llegaron hasta acá tan rápido? —preguntó Jack, aturdido.

—Tomamos el tren "A" —contestó Balor—. Es un poco más rápido que viajar en unicornio. —El niño se rió con tono burlón.

—¡Cállate Balor! —dijo Grinda. Luego, ella se acercó a Annie y a Jack. —Me alegra que hayan tenido un viaje divertido, pero ahora despídanse de Dianthus. Vendrá con nosotros.

—¡No lo hará! —dijo Annie.

—¡Quítense de nuestro camino! —agregó Jack.

Antes de que el unicornio se moviera, Grinda se adelantó y, con las dos manos, lo agarró del collar. Dianthus resopló y sacudió la cabeza. Grinda se agarró del collar con más fuerza.

—¡Pásale la cuerda por encima de la cabeza, Balor! ¡Vamos! —gritó ella.

Balor preparó la cuerda una vez más. El unicornio empezó a sacudir la cabeza sin parar.

Jack pateó a Balor.

—¡Detente! —gritó Jack—. ¡Váyanse de aquí! —Se sentía tonto, pateando y gritando, pero no sabía qué otra cosa hacer.

Mientras Balor y Grinda luchaban por enlazar

a Dianthus, Annie extendió el dedo y comenzó a señalarlos. Y en voz muy alta dijo:

¡Aves del aire, aparezcan acá,
agiten las alas y digan cuá, cuá!

La cuerda negra cayó sobre la nieve. Balor y Grinda, como dos trompos, empezaron a girar desenfrenadamente, haciéndose cada vez más pequeños. Jack vio una nube de colores: gris y marrón, verde y blanco, un reflejo anaranjado y otro, amarillo.

Lentamente, el movimiento cesó. Los dos adolescentes asustados se habían ido. En su lugar, habían aparecido dos patos reales, pequeños.

CAPÍTULO NUEVE

¡Son ellos!

Un pato era de color gris, con manchas negras y blancas. El otro tenía la cabeza de color verde brillante, y el pecho, color ladrillo. Ambos tenían patas palmeadas, anaranjadas, y el pico, largo y amarillo. *"Cuac, cuac"*.

Annie miró de reojo a su hermano.

—Memoricé la rima de los patos hace mucho tiempo. Estaba segura de que algún día iba a ayudarnos.

—Buen trabajo —dijo Jack, sonriendo.

Las dos aves empezaron a mover sus patas anaranjadas, graznando sin parar. Una bandada de patos, que pasaba volando por el claro cielo de noviembre, empezó a contestar con chirridos.

—¡Balor, Grinda, vayan con ellos! —les gritó Annie a los dos ánades reales.

Ambos respondieron con graznidos.

—¡Vamos, adelante! —insistió Jack—. ¡Vuelen hacia el sur! ¡Se divertirán! ¡Se lo prometo!

Los dos patos siguieron graznando y batiendo las alas. Primero, uno levantó vuelo y luego el otro lo siguió. Fueron ganando altura sobre Nueva York. Jack contuvo el aliento, mientras observaba a las dos aves volando hacia el sur.

Annie descansó los brazos sobre el cuello del unicornio y apoyó la cabeza sobre su suave melena.

—Estás a salvo —le dijo—, pero debes partir. Yo tengo que mostrarte el camino a Camelot. El problema es que no sé cómo hacerlo.

¡AJU-GA! ¡AJU-GA!

Jack miró hacia una avenida que bordeaba el parque. Junto a la acera, había un inmenso taxi amarillo. El taxista tocaba la bocina y saludaba desde la ventana.

—¿Qué quiere ese hombre? —preguntó Annie.

—No lo sé —contestó Jack.

El taxista, con su gorra y bufanda a cuadros, salió de un salto del auto.

—Eh, es el mismo hombre que nos dejó a pie —dijo Annie.

La puerta de pasajeros del taxi se abrió y bajó una niña con un chal violeta en la cabeza.

—Y esa es la niña que nos dio la información equivocada —agregó Jack.

El taxista y la niña saludaron a Annie y a Jack. Luego, el taxista se levantó la gorra y se sacó la bufanda. Tenía rizos colorados y una sonrisa familiar.

Cuando la niña se quitó el chal, dejó caer su negro cabello ondulado, largo hasta la cintura.

—¡Son *ellos*! —exclamó Jack.

—¡Teddy! ¡Kathleen! —gritó Annie.

Annie y Jack se bajaron del lomo del unicornio. Los jóvenes magos corrieron por la nieve. Annie

abrazó a Teddy y Kathleen, a Jack. Los cuatro se
echaron a reír, hablando todos a la vez.

—¡Eran *ustedes!*

—¡Eran *ustedes!*

—¡Éramos *nosotros!*

—Disculpen, les dije que bajaran en la estación
equivocada —dijo Kathleen—. ¡Pero Teddy estaba esperándolos ahí!

—Perdón por dejarlos en medio de la tormenta —dijo Teddy—. ¡Yo sabía que encontrarían el
camino a los Claustros!

—Creímos que ustedes eran Balor y Grinda, los niños que nos seguían —dijo Annie.

—Sí, vimos cuando ustedes los convirtieron en patos —agregó Kathleen—. ¡Excelente!

—¿Quiénes eran? —preguntó Jack.

—Son aprendices del Hechicero Negro —explicó Kathleen—. ¡No sabíamos que los seguían! ¡Tampoco lo sabía *Merlín!*

—Eran bastante extraños —comentó Jack.

—Sí, pero terminaron ayudándonos. Sabían el nombre del unicornio —dijo Annie.

—Creímos que era *Divina Flor de Roma* —agregó Jack.

—Le dije a Merlín que esa pista iba a ser un poco difícil —comentó Teddy—. *Dianthus* quiere decir Flor Divina en latín, el idioma antiguo de Roma.

—¿Entonces Grinda y Balor saben latín? —preguntó Annie.

—Casi nada —contestó Teddy—. El nombre del unicornio es conocido en todo el Otro Mundo. Todos saben de él por su poder mágico.

—Y por su bondad —añadió Kathleen.

—Sabíamos acerca de su bondad —agregó Annie—. Mientras corría por la calle, con su cuerno en alto, la tormenta de nieve se detuvo. Y todos los que nos veían pasar nos saludaban y se alegraban.

—El Hechicero Negro quería atrapar a Dianthus para apoderarse de su magia —dijo Kathleen—. Merlín se alegrará al saber que ustedes frustraron ese plan malvado.

—Es más, creo que le gustaría agradecerles personalmente —agregó Teddy, dirigiéndose hacia el taxi, estacionado junto a la acera.

De repente, la puerta trasera del auto se abrió y dos personas mayores se bajaron. Una mujer alta y elegante, vestida con una capa color vino, y un hombre de capa azul oscuro. La mujer tenía cabello blanco, largo. El hombre, barba blanca y larga.

—¡Morgana! ¡Merlín! —susurró Jack.

Mientras el mago y la bibliotecaria mágica de Camelot se acercaban, Dianthus saludó, dando un paso y bajando la cabeza. Merlín le acarició el blanco cuello con ternura.

Morgana le Fay se dio la vuelta y se acercó a Annie y a Jack.

—Hola, ¡qué bueno es volver a verlos! —dijo, sonriendo. Para Jack, la voz de la dama mágica, era como una melodía.

—También me alegro de verte —dijo Annie, abrazando a la encantadora mujer.

—¿Qué hacen aquí Merlín y tú? —preguntó Jack.

—Siempre quise visitar Nueva York. Con Teddy en el volante, el paseo fue intenso. Merlín tuvo que decirle que bajara la velocidad varias veces —dijo Morgana, riendo.

—¡Qué paseo, por cierto! —agregó el mago—. Mis saludos a ambos, Annie y Jack.

—Hola, Merlín —contestaron ellos.

—Gracias por salvar a mi adorado Dianthus —dijo Merlín—. Mucho tiempo atrás, unos malhechores se lo llevaron de Camelot. Pero fue rescatado por tejedoras mágicas holandesas, que, con su arte, lo ocultaron en sus tapices, para protegerlo. Sabía que podía contar con ustedes para liberar a

Dianthus, en el día que terminaba el hechizo, pero la misión resultó más difícil de lo esperado. Ignoraba que el Hechicero Negro había enviado a sus aprendices para seguirlos a ustedes y capturar el unicornio.

—Pobres Grinda y Balor —dijo Annie—, ahora son patos.

—Ah, no se preocupen —comentó Teddy—. El hechizo terminará en unos días y ellos podrán volver al hogar.

—Sí, y estoy segura de que el Hechicero Negro tiene otro plan macabro para ellos —agregó Kathleen.

—Pero ya no podrán usar la cuerda negra —comentó Merlín, levantándola del suelo y entregándosela a Teddy.

—Llévatela a Camelot y haz que la destruyan —pidió Merlín.

—Con gusto —añadió Teddy.

—Debe de ser terrible trabajar para el Hechicero Negro —dijo Annie, mirando a Merlín—. Me alegra trabajar para ti.

—Y a mí me alegra que trabajes para mí —contestó el mago—. En las últimas cuatro misiones, tú y Jack han demostrado que pueden usar la magia con sabiduría. Y por eso, ahora les entrego uno de los tesoros más grandes de Camelot.

Merlín metió la mano en su túnica y sacó una vara mágica, anillada.

—Esta es la vara de Dianthus —exclamó—. Como ven, tiene forma de cuerno de unicornio y, también, un poco de poder mágico.

Merlín les entregó la vara plateada a Annie y a Jack.

Cuando Jack agarró la vara, sintió que le quemaba la mano; aunque no sabía bien si por frío o calor.

—Con la ayuda de la vara, podrán hacer magia por su cuenta —comentó Merlín.

—Pero solo podrán utilizarla después de haber hecho el esfuerzo de intentarlo todo —agregó Morgana—. Y recuerden, solo podrán usarla para hacer el bien a otros.

—Lo recordaremos —respondió Annie, emocionada.

—Gracias —dijo Jack. Abrió su portafolio y guardó la vara de plata, cuidadosamente.

—Ahora, debemos partir —comentó Merlín, y se volvió hacia Teddy y Kathleen—. Ustedes pueden montar a Dianthus para regresar a Camelot. Yo llegaré pronto. Pero, primero, quiero conducir ese taxi por Nueva York. Morgana, ¿vienes conmigo?

—Por supuesto —respondió Morgana—, pero, por favor, ve más despacio que Teddy.

—Eso no lo prometo —dijo Merlín, y miró a Annie y a Jack—. Buenas noches, mis amigos, volveré a llamarlos pronto.

—Adiós —respondieron Annie y Jack.

Merlín agarró a Morgana del brazo y ambos

volvieron al taxi. El motor del enorme auto amarillo se puso en marcha y arrancó alocadamente.
Merlín, entusiasmado, se alejó por la avenida,
tocando la bocina.

¡AJU-GA! ¡AJU-GA!

CAPÍTULO DIEZ

La vara de Dianthus

Jack, Annie, Teddy y Kathleen se echaron a reír.

—Oh —exclamó Kathleen—. Yo prefiero montar a Dianthus mil veces antes que ir en el auto con Merlín.

El blanco unicornio se arrodilló sobre la nieve para que los jóvenes magos se subieran en su lomo. Luego se paró.

Sonriente, Teddy miró a Jack.

—Sabes que recibir la vara de Dianthus es un gran honor, ¿verdad? —dijo.

—Lo sé —contestó Jack, humildemente—. Gracias por llevarnos al lugar correcto, en el momento indicado.

—Eh, ¿ustedes estuvieron en Venecia? —preguntó Annie—. ¿Y en Bagdad y París?

Teddy y Kathleen se miraron y asintieron con la cabeza.

—¡Lo sabíamos! —dijo Annie—. ¡Gracias por ayudarnos!

—Y gracias por el libro de rimas mágicas —agregó Jack.

—Por nada —contestó Teddy—. Ahora, debemos irnos. Esperamos verlos pronto.

—Adiós, Dianthus —dijo Annie, acariciando el cuello del unicornio por última vez.

La criatura bajó la cabeza y, con sus suaves ojos azules, brillando con el último rayo de luz, miró a Annie. Ella se paró en puntas de pie y le susurró algo al oído. Luego, Annie se alejó.

Dianthus resopló y alzó la cabeza. Después, dio un salto hacia adelante. En un santiamén, el unicornio y sus dos pasajeros desaparecieron.

Caía la noche. Annie y Jack, silenciosos, se quedaron parados, observando el camino.

—¿Qué le dijiste? —preguntó Jack.

—Que debía irse con Teddy y Kathleen —respondió Annie, pestañeando para no llorar—. Le dije que *ellos* lo llevarían a su casa.

—Ah —exclamó Jack, acariciando el hombro de su hermana—. No te preocupes, volveremos a ver a Dianthus alguna vez. Lo sé, lo siento así.

—Empiezas a parecerte a mí —dijo Annie, sonriendo.

—Uh, oh —exclamó Jack, temblando. La noche caía, rápidamente—. ¿Estás lista?

—Claro, regresemos —contestó Annie, y siguió a Jack hacia la casa del árbol. Entraron y se asomaron por la ventana.

Las luces de Nueva York comenzaban a encenderse. Sobre el parque nevado, empezaba a elevarse la luna llena.

—Hola, luna azul —dijo Jack.

Luego, levantó el pergamino de Merlín y señaló las palabras: *Frog Creek.*

—¡Queremos irnos a casa! —exclamó.

El viento comenzó a soplar.

La casa del árbol empezó a girar.

Más y más rápido cada vez.

Después, todo quedó en silencio.

Un silencio absoluto.

* * *

Con el viento frío del bosque de Frog Creek, en la casa del árbol entraban inmensos copos de nieve. Annie y Jack estaban vestidos con su ropa habitual. El portafolio de Jack se había convertido en una mochila. En seguida, él la agarró para revisarla.

—¡Bien! —dijo—. La vara de Dianthus está aquí.

—¿La llevamos a casa? —preguntó Annie.

—Sí, podemos cuidarla hasta nuestra próxima misión —agregó Jack, sacando de la mochila el libro de rimas mágicas.

—Creo que podemos guardar este libro como recuerdo —comentó Jack—. No lo necesitaremos más; ya usamos todas las rimas.

—No, no *todas* —dijo Annie—. Aún falta una, ¿lo recuerdas? *Encontrar un tesoro que nunca se puede perder.*

—Ah, yo ya usé esa rima —contestó Jack—. Bueno, tenemos que irnos. —Agarró la mochila y empezó a bajar por la escalera colgante.

—¿Ya usaste *esa* rima? No entiendo, ¿cuándo lo hiciste? —preguntó Annie, bajando detrás de su hermano.

Jack se detuvo.

—¿Cómo crees que te encontré cuando te perdiste en Central Park? —dijo.

—¿Qué? ¿Tú pensaste que *yo* era un tesoro? —preguntó Annie.

—Supongo —contestó Jack, encogiéndose de hombros—. Al menos, hoy lo pensé…

Annie sonrió.

—Gracias por encontrarme cuando te perdiste —comentó Annie.

—Yo, no; tú te perdiste —dijo Jack.

—No, tú —insistió Annie.

—Tú —agregó Jack.

—¡Tú-tú-tú-tú-tú-tú! —dijo Annie.

Jack se rió.

—¿Qué más da...? —añadió Jack—. Bueno, el chocolate caliente de papá nos espera.

La nieve empezó a caer con más intensidad. Bajo los árboles desnudos, azotados por el viento frío, Annie y Jack se apresuraron para llegar a su hogar.

Más información para Annie, para Jack y para ti

La Gran Depresión: Aún hoy, muchos neoyorquinos mayores recuerdan ese período como uno de los más difíciles en la historia de la ciudad. De 1929 a 1939, la depresión económica azotó a todo Estados Unidos y gran parte de Europa, dejando a mucha gente sin trabajo.

Metros: Hoy, millones de personas utilizan este medio para viajar por las más de 400 millas de vías de Nueva York. En la actualidad, los pasajeros ya no utilizan monedas o fichas para pasar por los torniquetes. Para ingresar, deslizan una tarjeta por un lector electrónico.

Central Park: Hoy en día, más de 250.000 personas visitan el parque durante los fines de semana cálidos, para hacer picnic, correr, andar en bicicleta, patineta, escuchar música o pasear al perro. Este extenso parque fue diseñado hace más de 150 años, para ser utilizado únicamente por el público. Sus diseñadores, Frederick Law Olmsted y Calvert Vaux, sostenían que la naturaleza enaltecía el espíritu de los habitantes de las ciudades y acercaba a gente de distintos ámbitos.

El Castillo Belvedere, ubicado en Central Park, sirve hoy como observatorio de la naturaleza. Quienes viven en Nueva York a menudo oyen por radio o televisión: "La temperatura en Central Park es de...". Esta información viene directamente de los instrumentos meteorológicos que siguen funcionando en el castillo.

John D. Rockefeller: En Estados Unidos aún se recuerda que este hombre fue el más rico del país.

Después de fundar la Standard Oil Company, decidió donar la mitad de su fortuna. Gracias a la generosidad de su hijo, John D. Rockefeller, Jr., el Metropolitan Museum of Art, (Museo Metropolitano de Arte), adquirió un pequeño museo en Fort Tryon Park, en el norte de la ciudad. El nombre de ese museo es The Cloisters (Los Claustros).

Los Claustros: En el museo existen aproximadamente 5.000 obras de arte medieval, incluyendo muchas obras de la colección personal de arte medieval de Rockefeller, como los famosos tapices del Unicornio.

Unicornios: En la actualidad, los unicornios aparecen en viejos relatos de muchos países, sobre todo en China, India y Europa medieval. Sin embargo, no existen pruebas acerca de la existencia de estas criaturas. El único animal terrestre con un solo cuerno es el rinoceronte.

Nota del ilustrador

Todos los libros de *La casa del árbol* tienen ilustraciones mías, pero dibujar *Tormenta de nieve en luna azul,* hasta ahora, ha sido el trabajo que más he disfrutado.

Mi labor de investigación para este proyecto me trajo hermosos recuerdos. Cuando era estudiante, a menudo visitaba muchos de los lugares mencionados en esta historia, en especial, Central Park, donde adoraba ponerme a dibujar.

Como sigo viviendo cerca de la ciudad de Nueva York, vine varias veces para recorrer el mismo camino que Annie y Jack hicieron desde Central Park hasta los Claustros.

Muchos de los sitios de este libro no son tan diferentes a lo que eran en 1938, y tuve la oportunidad de hacer bosquejos y tomarles fotografías. Los metros y taxis han cambiado, pero afortunadamente, pude hallar imágenes de ellos en los libros.

Actividades divertidas para
Annie, para Jack y para ti

¡Haz tu propio globo de nieve!

Si te gustó el dibujo de la cubierta de este libro, tal vez quieras intentar hacer tu propia escena en la nieve. A continuación te proponemos una manera divertida de hacer un bonito globo de nieve.

Necesitarás lo siguiente:
- Un frasco limpio, con su tapa
- Aceite de bebé
- Figuras pequeñas y/u otros objetos que puedan ir en la escena
- Brillantina y/o cáscaras de huevo, blancas
- Esponja de floristería
- Goma de pegar

Quita la tapa del frasco. Pega sobre ella la esponja de floristería y adhiere a ella las figuras u otros objetos para formar la escena. También puedes utilizar juguetes pequeños de plástico, plantas de plástico o figuras que hayas hecho con arcilla, papel de aluminio u otro material, que no se deteriore o disuelva.

Llena el frasco con el aceite de bebé, casi hasta arriba. Agrega una cucharada de cáscaras de huevo trituradas, brillantina o las dos cosas juntas.

Pon una pequeña cantidad de goma de pegar en los bordes interiores de la tapa. Luego, cuidadosamente, pon la tapa con tu escena, cabeza abajo y enróscala al frasco, fuertemente. Agrega más goma de pegar en los bordes de la tapa, para que quede bien sellada. Si tienes una pistola con goma de pegar, pídele a un adulto que te ayude a hacer un sello más firme, alrededor de la tapa.

Espera a que la goma se seque. Después, da vuelta el frasco, sacúdelo y ¡disfruta de tu gran creación!

¡Una historia en cuadros!

La Caza del Unicornio es una famosa colección de tapices medievales, que aún hoy se exhibe en los Claustros. Los dibujos tejidos cuentan la historia de la caza de un unicornio.

¿Podrías contar una historia sin usar palabras? Para intentarlo, no es necesario que sepas tejer. En unas hojas de papel, dibuja o pinta escenas que cuenten una historia.

¡Usa tu imaginación y diviértete!

A continuación un avance de

LA CASA DEL ÁRBOL® #37
MISIÓN MERLÍN

El dragón del alba roja

Annie y Jack emprenden otra
sorprendente aventura, llena de magia,
historia, y ¡con un dragón legendario!

CAPÍTULO UNO

En beneficio de Merlín

Tac, tac, tac.

Jack estaba soñando que un pájaro blanco picoteaba su ventana. *Tac, tac.* Luego, aparecía un pájaro rojo y se ponía a hacer lo mismo. *Tac, tac.*

—¡Jack, despierta! —dijo Annie.

Él abrió los ojos.

—¡Están aquí! —comentó Annie.

—¿Quiénes? ¿Los pájaros? —preguntó Jack.

—No, ¡Teddy y Kathleen! —Annie corrió a la ventana y saludó. —Están tirando piedras a nuestras ventanas.

—¡Teddy y Kathleen! —Jack saltó de la cama y se asomó a la ventana.

Los jóvenes magos de Camelot, vestidos con sus capas largas de color oscuro, al ver a sus amigos, saludaron, sonrientes, desde el jardín de Annie y Jack.

—¡Debe de haberlos mandado Merlín! —dijo Jack.

Con los dedos, Teddy hizo la mímica de la acción de caminar y señaló hacia el bosque.

Annie asintió, con entusiasmo.

—¡Quieren que nos reunamos con ellos en la casa del árbol! —le dijo Annie a Jack—. ¡Vístete pronto, antes de que mamá y papá se despierten!

Junto a la puerta de la habitación de su hermano, Annie se volvió hacia Jack.

—¡No olvides traer la vara de Dianthus! —recomendó.

Jack se vistió a toda prisa y abrió la mochila; la vara seguía ahí. Luego, se colgó la mochila y bajó silenciosamente por la escalera.

—¡Vamos! —dijo Annie, parada en el porche.

Ambos atravesaron corriendo el jardín y la acera.

—¿Por qué habrán venido a buscarnos? —preguntó Annie.

—¿Adónde iremos? —preguntó Jack.

—¡Quiero saberlo *todo!* —insistió Annie.

Cruzaron la calle y, veloces, entraron en el bosque de Frog Creek. A principios de marzo, y con el azote de los vientos, los árboles estaban de color gris y marrón, y todavía sin hojas.

—Mira… —dijo Annie, casi sin aire—. ¡Están esperándonos!

Jack miró hacia arriba. Teddy y Kathleen saludaban desde la ventana de la casa del árbol.

Jack se agarró de la escalera colgante y empezó a subir. Annie iba detrás de él. Al llegar a la casita, los dos abrazaron a sus amigos.

—¡Estamos tan contentos de verlos! —gritó Annie.

—Y nosotros estamos tan felices de verlos a ustedes —dijo Kathleen. Los ojos azules de la niña brillaban como el mar.

—Pasó mucho tiempo —comentó Jack.

—¿De qué se trata esta misión? ¿Adónde nos enviará Merlín? —preguntó Jack.

—Me temo que él ni siquiera sabe que estamos aquí —contestó Teddy—. No hemos venido a petición de él, sino por su bien.

—¿Y eso qué quiere decir? —preguntó Jack.

—Merlín no está bien —explicó Kathleen—. Dice que está muy viejo y débil, que la vida es muy triste. Ya no come ni duerme.

—¡Oh, no! —exclamó Annie.

—En Camelot, todos quieren ayudarlo, pero no saben cómo —dijo Teddy.

—¿Qué *podemos* hacer para ayudar? —preguntó Jack.

Teddy agarró un libro de un rincón de la casa.

—A través del tiempo, en todo el mundo se ha buscado el secreto de la felicidad —dijo.

—Morgana quiere que ustedes encuentren cuatro secretos para Merlín. Según ella, el primero podría estar aquí.

Jack agarró el libro y leyó el título en voz alta:

—¡Ah, uau! ¡Ya estuvimos en Japón! —dijo Annie.

—A ustedes aún no los conocíamos; fue una aventura con ninjas —agregó Jack.

—Sí, Morgana dijo que visitaron el campo. Esta vez, irán a la capital —dijo Teddy.

—¿Ustedes vendrán con nosotros? —preguntó Annie.

—Me temo que no —contestó Kathleen—. Tenemos que volver a Camelot para ayudar a

Morgana. Desde que Merlín enfermó, ella ha tenido mucho trabajo.

—¿Tienen la vara, no? —preguntó Teddy.

—Sí —respondió Jack, sacando de la mochila la vara de Dianthus, con forma de cuerno de unicornio.

—*Con esta vara podrán hacer magia sin ayuda* —dijo Teddy.

—Eso nos dijo Merlín cuando nos la dio —añadió Annie.

—Pero no nos dijo *cómo* —agregó Jack.

—Es muy sencillo —comentó Teddy—. Para usarla, hay tres reglas. Primero, solo funciona para hacer el bien a otros; no puede usarse para cuestiones propias.

—Segundo, solo funcionará una vez que lo hayan intentado todo, sin su ayuda —explicó Kathleen—. No traten de utilizar su magia enseguida.

—Y tercero, la vara solo funciona con una orden de cinco palabras —agregó Teddy—. Tendrán que ser muy cuidadosos con su elección.

—¿Podemos repasar todo, por favor? —preguntó Jack.

—No te preocupes, ya lo entendí —dijo Annie—. ¡Vámonos! Tenemos que ayudar a Merlín cuanto antes.

—Si nosotros vamos a Japón en la casa del árbol, ¿cómo regresarán ustedes a Camelot? —les preguntó Jack a Teddy y a Kathleen.

Ellos alzaron las manos, mostrando dos anillos azules muy brillantes.

—Nuestros anillos mágicos nos llevarán a casa —comentó Kahtleen.

—Y este libro de la biblioteca de Camelot los traerá de vuelta a Frog Creek —dijo Teddy—, después de que terminen con su misión. —El niño mago levantó otro libro, de otro rincón. Era el libro de Pensilvania, el que Annie y Jack habían usado en sus primeras aventuras, en la casa del árbol.

—Muchas gracias —respondió Jack.

—Adiós —dijo Annie—. ¡Cuiden mucho a Merlín!

—Así lo haremos —contestó Kathleen. Ella y Teddy se llevaron el anillo a los labios y susurraron algo, que Annie y Jack no pudieron escuchar. Luego, los jóvenes magos soplaron sus anillos y,

al instante, empezaron a esfumarse en el frío de la mañana.

La casa del árbol quedó en silencio. Annie miró a su hermano.

—¿Estás listo? —le preguntó.

Jack asintió y señaló la tapa del libro de Japón.

—¡Deseamos ir a *este* lugar! —dijo.

La pequeña casa empezó a girar.

Más y más rápido cada vez.

Después, todo quedó en silencio.

Un silencio absoluto.

WILL OSBORNE

Mary Pope Osborne

Es autora de novelas, libros ilustrados, colecciones de cuentos y libros de no ficción. Su colección La casa del árbol, número uno en ventas según el *New York Times*, ha sido traducida a muchos idiomas y es ampliamente recomendada por padres, educadores y niños. Estos relatos acercan a los lectores a diferentes culturas y períodos de la historia, y también, al legado mundial de cuentos y leyendas. La autora y su esposo, el escritor Will Osborne (autor de *Magic Tree House: The musical*), viven en el noroeste de Connecticut, con sus dos Norfolk terriers, Joey y Mr. Bezo.

Sal Murdocca es reconocido por su sorprendente trabajo en la colección La casa del árbol. Ha escrito e ilustrado más de doscientos libros para niños, entre ellos, *Dancing Granny,* de Elizabeth Winthrop, *Double Trouble in Walla Walla,* de Andrew Clements y *Big Numbers,* de Edward Packard. El señor Murdocca enseñó narrativa e ilustración en el Parsons School of Design, en Nueva York. Es el libretista de una ópera para niños y, recientemente, terminó su segundo cortometraje. Sal Murdocca es un ávido corredor, excursionista y ciclista. Ha recorrido Europa en bicicleta y ha expuesto pinturas de estos viajes en numerosas muestras unipersonales. Vive y trabaja con su esposa Nancy en New City, en Nueva York.

Jack y Annie deben ir a Venecia, Italia, para salvar a la Gran Dama de la Laguna de un terrible desastre.

LA CASA DEL ÁRBOL #33
MISIÓN MERLÍN

Carnaval a media luz

Annie y Jack viajan a la era dorada de Bagdad a una misteriosa misión en el desierto, a bordo de dos camellos.

LA CASA DEL ÁRBOL #34
MISIÓN MERLÍN

La estación de las tormentas de arena

El mago Merlín les pide a Annie y a Jack viajar
a París, Francia, donde deben encontrar a
cuatro misteriosos y brillantes magos.

LA CASA DEL ÁRBOL #35
MISIÓN MERLÍN

La noche de los nuevos magos